KB214089

연애편지

김현문 作

/ 들어가는 글 /

  너와 내가, 사람과 자연이, 하늘과 땅이, 서로 간에 그물처럼 촘촘히 이어져 있다는 것을 깨닫지 못하는 한, 그 그물이 우주라는 바다에 드리워져 '우주의 진화'라는 거대한 물고기를 끌어 올리고 있는 중이라는 걸 감득해내지 못하는 한, 인류는 우주에서 정신의 미아가 된 채 도태되어 버릴 수밖에 없을 것이다. 너와 내가 둘이 아니라는 이 확실한 질서를 깨닫지 못하는 한, 그 둘을 하나로 이어 주는 분명한 고리가 사랑이라는 것을 자각하지 못하는 한, 우리는 공멸할 수밖에 없을 것이다.

  어미 개가 갓 낳은 새끼를 품에 안은 채 혀로 정성껏 핥는 것을 본 적이 있다. 어찌 된 일인지 한 마리는 어미 품에 안기지 못하더니, 품에 안기지 못한 강아지는 점점 뒷전으로 몰렸고 급격히 허약해져서 마침내는 도태되어 버리던 것을 본 적이 있다. 죽어 버린 강아지를 꽃밭에 묻어 주며 지독히도 우울했던 그 쓸쓸한 기억. 살아 있는 것은 무엇이든 서로 간에 사랑을 주고받지 못하면 시름시름 지쳐서 생기를 잃고 마침내는 도태되어 버리고 마는 것이다.

  사랑이란, 의식을 일치시키는 행위라고 생각한다. 사랑하는 사람과 하나가 되기 위해서는 두 사람 모두 자신의 에고(Ego)를 지우고 부단히 낮아져서 마침내 물처럼 되어 버렸을 때야 가능한 일일 것이다. 그리하여 사랑이 가슴으로 들어올 때 우주적인 기쁨도 함께 밀려들어 오게 될 것이다. 놀랍고 위대한 사랑의 힘!

차례

두 사람이
스마트폰으로
주고받은 편지

I

1

To. Teacher

내 눈길 처음 닿았을 땐 이토록 진한 향기 숨어 있는 줄 몰랐어요. 이 파리 바람에 나부낄 때도 氣味 붙들지 못했어요. 꽃 피고서야 씨앗 속에 담긴 비밀을 알았어요. 활짝 핀 꽃을 보고 향기 맡은 뒤 다시는 속지 않을래요.

From. 乙

2

처음엔 실루엣으로 다가왔었지. 커튼처럼 흔들리며. 두 번짼 향기로, 세 번짼 명상 수련으로, 네 번짼 그리움으로, 이젠 실체로 다가왔어. 사랑 앞에 서면 왜 불안한지 모르겠네. 버려야 할 기억의 오류가 뒤척이는 것이겠지.

From. Teacher

3

만남은 환했어요. 한 시간쯤 수련 지도를 받으면 됐죠. 그댄 스스로는 삼류 의사고 내 눈엔 하늘을 드나드는 천재 도인. 도인이란 하늘의 그리움을 좇는 사람이죠. 오, 양신을 타고 하늘 깊이로 꽂혀가는 그리움의 새. 난 지금 우주에 미만한 생의 빛, 보고 있는 거 맞죠?

4

책을 읽다가 잠깐 생각이 발 헛디디면 어느새 그대가 있어. 혼자 있지 않고 골목에서 흰 새처럼 안기던 그날 밤의 기억과 함께. 사랑은 관념이 아니고 몸이라는 것을, 몸이 뿜어내는 향기라는 것을 곱씹고 있어. 관념을 버려야 선명해지는 그리움.

5

 어느 날 칼을 들고 그리움을 쪼개고 또 쪼개어 들어가다가 화들짝 놀라 황급히 칼을 던져 버리고 말았어요. 피 묻은 손을 씻으며 엉엉 목 놓아 울고 말았어요. 아아, 그리움의 끝은 마침내 텅 비어 있는 것이었어요. 홀로 누운 이 가슴처럼 말예요.

6

내게 너무 의지하지 말아요. 나는 인간들의 밖에서 살고 싶을 뿐, 하늘 닮은 공空 외에 내게 얻을 것이라곤 아무것도 없소.

7

오해 마세요. 도장道場에 들렀다가 수련 모습에 사로잡혔어요. 호신 강기 하는 모습을 보며 딴 세상을 한없이 거닐었어요. 딱딱한 관념의 틀에서 질식하다가 숨통이 트였어요. 동지를 사랑하는 것은 죄가 아니겠지요. 혹, 죄가 되나요?

8

그래, 사랑의 전율에 부대끼다가 텅 빈 무의식의 공간으로 쓰러져 흔적마저 지워 버린다면 그것이 우리들의 완성된 사랑이겠지. 모양, 세속적 관념 따위 지워야 진정, 자유로운 사랑이니까. 그렇지 않다면 사랑하지 않았네. 오오, 진정 그대 사랑하지 않았네.

9

지상과 도장道場은 내 상처의 고향 같은 곳이에요. 상처에도 고향이 있을까? 그림은 상처가 상처를 치유하는 행위라고 생각해요. 내 말 못할 기억의 우물에는 언제나 상처가 출렁이고 있어요. 당신의 수련 지도가 내 상처를 치유해 주기를 기다리면서.

10

乙에게 보낼 이 스마트폰 편지 제목을 '투명한 블루우'로 정했어. 알고 있지, 사랑은 상처고 치유과정이라는 것을. 스마트폰 문자를 단정히 눌러 잉크 빛 그리움을 풀어 보낼게. 밤, 내 상처가 그대 상처를 덮어 하나가 되면 상처는 치유될 수 있을까? 그 치유가 사랑일까?

11

얼마나 머나먼 길이었던가요. 꽃 피는 입술까지, 찔레 향 매운 밤 외
로움의 카리스마가 온몸에 꽃뱀처럼 감기네요. 첫 키스 달콤했어요, 달
처럼 환했어요. 황홀했어요.

12

To. 乙

　수련 끝내고 카페 섬에 들렀는데 乙은 오지 않았더군. 브람스 교향곡 3번 3악장만 홀로 뒤적이고 있었어. 브람스는 왜 외로운 삶을 살았을까, 스승의 부인을 사랑했기 때문에? 사랑의 본질은 외로움이란 말이지. 아냐, 절대.

From. Teacher

13

아름답지만 홀로 있을 때면 과거의 기억 속에 인화되어 있는 그대, 과거의 기억으로만 존재하는 것이 두려워 서둘러 그대를 내보내고 피 흘리는 그 자리를 못 자국처럼 만져봅니다. 우리는 알고 있지요. 사랑은, 지워지지 말아야 할 숙명이라는 것을.

14

카페 섬에서 그대 처음 봤을 때 충격처럼 낯익은 상처 하나를 만나고
말았어. 내가 세상을 서성이는 이유지. 삶의 상처는 내게 평생 옹이로
남아 있어. 그대에게서 내 상처를 투영해 읽어낸 것, 용서 바라요.

15

상처는 서로에게 자장처럼 끌리는 법이죠. 그대 그림을 만나는 순간 내 가슴 깊은 곳에서 도발되던 치유의 욕구를 만났어요. 내 내부에서 그대에게로 견인돼가는 상처의 아스라함을 만났어요. 그런 절박한 휴식감. 처음이었어요.

16

화실 밖, 뜰을 건너는 바람 몇 무리. 머리칼 날리는 사철나무 한 그루, 생의 의지를 완성하고 실루엣으로 돌아서 있는 푸른 나무들, 아름다운 생각으로 내면의 푸른 꽃 피워 서 있는 그대의 정맥 같은 장미나무 여섯 그루. 호신강기 수련 다시 시작해야지?

17

To. Teacher

질풍노도 시절 지나면 무엇이 올까요. 외로움, 이 단어에는 반대말이 없다지요. 절대어라지요? 그리움의 격정, 막는 방파제 없는 건가요? 지상에서 몸 지니고 살면서 완전한 사랑 이룰 수 없는 건가요?

From. 乙

18

이 편지 받는 날 밤, 하늘을 보아 투명한 달 하나 떠 있을 거야. 귀를 기울여 봐. 자꾸만 날아가는 생각을 입술로 조여 휘파람 불어 줄 테니. 귀를 나팔꽃처럼 펴고 들어 봐, 근사한 발라드풍의 선율이 반딧불처럼 날아갈 테니.

19

그대에게 가는 길 새벽이 오면 환히 보일까요? 어둠을 베며, 베며 낮으로 서 있는 하현달, 그대는 아시지요? 홀로 선 창가의 서러움을.

20

눈 내리는 새벽 두 시는 그리움으로 온몸이 투명해지는 청색의 시간,
끝없이 날아가는 아름다운 생각들의 시간이었다고 화폭의 액자에 담아
내일은 그대 마음의 벽에 걸어 주어야지.

21

이 밤도 진정 그대는 별보다 멀리, 달처럼 가까이 있습니다. 아시지요? 바람처럼 무작정 달려 나가는 이 그리움의 무모함을, 예술의 거리에 번져있는 내 상처를 떠나왔지만 그대 없는 일본은 싫어요. 내게 상처와 사랑은 숙명인가요.

22

그리움 씻긴 채 환히 빛나서 잠들지 못하는 겨울밤의 조각달이며, 바람결이며 파문처럼 어린 별자리들, 투명한 휘파람으로 조여 매 그대 베갯가로 자꾸만 날려 보내 주고 있어, 일본의 창가에서도 들려? 이 작은 겨울 속삭임이?

23

오전 내 나무 둥치에 기대 그대 생각하다가 아픔이 없다면 이런 나무 마저도 생기지 않았을 거라는 것 깨달았어요. 정신과 육체가 아픔의 소산이고 생이 아픔의 형량이라면 상처와 상처가 엇물린 채 달밤의 환한 꽃으로 피어난 것이 우리들 사랑일까요?

24

모차르트를 들으면서도, 정신이 자꾸만 乙에게 미끄러지고 있어. 밤새 그대가 보내는 그리움의 선율 들었네, 아이네 클라이네 나하트 뮤지크.

25

내 메마른 입술 둔한 그리움. 행여 그대에게 가 닿지 못할까 홀로 뒤척이던 긴 밤, 새벽의 맑음에 퍼뜩 이마 짚은 뒤 비로소 알았어요. 갇힌 사랑은 가둔 자와 갇힌 자 둘이라는 것, 사랑은 빠지면 나누기에 취醉하면 벌써 길 잃는다는 것.

26

때때로 언어로는 부끄러웠던 것들이 오늘 밤 눈이 되어 내리고 있어.
그리하여 세상 모든 그리움…. 그리움은 밤새 청색의 눈사람이나 될까.

밤하늘, 고개 드니 상현달이네요, 보여요? 저토록 선명한 그리움의
그림자가?

28

 귓전에 울리는 슈베르트 그랜드 판타지아, 몇 개의 음표만을 골라 아름답게 정돈시켜놓은 희망주의자. 사랑도 삶도 투명하게 정돈해야겠지. 사랑의 비상을 꿈꾸는 자는 차가운 바닥을 밟은 뒤, 운명처럼 세상을 버려야 한다는 것이겠지.

유리창에 이마 기대면 한정 없이 투명해지면서 몰려드는 그리움, 끝없이 창가에 머무르게 하는 그리움의 그림자, 창밖엔 모든 사물들이 소멸되고 완강한 정신의 어둠만 남았어요. 그래요, 그리움만이 투명하고 또렷한, 완벽한 밤이에요.

30

보고 싶은 얼굴 乙

II

1

그래요, 우리가 도달해야 할 곳은 언제나 더 나아갈 수 없는 길 위에 있어요. 더 맑아질 수 없는 곳에서 안간힘으로 한 걸음 내디뎠을 때, 사랑 아닌 모든 것들 꽃답게 산화散花한 뒤, 이슬 같은 눈물 하나 유성처럼 가슴에 금을 긋는 것이었어요.

2

　새벽 2시, 어김없이 찾아드는 돌멩이 같은 고독의 중량감, 무엇에서 벗어나지 못하고 있는 것일까. 진공 같은 정적 속, 바람 소리마저 너무 무거워 어찌할 줄 모른 채 맹렬하게 乙이 보고 싶을 뿐.

3

그렇게 외로워하지 마세요. 절 사랑하면서도 그건요, 나쁜 일이에요.
있잖아요, 깊은 외로움, 저도 다 알거든요. 그건 사랑의 반칙이잖아요.

4

외로움은 인간의 숙명인가. 박명 깔리자 어둠 속에 윤곽을 버리는 나무들, 소리로만 지나가는 바람, 불빛 아래로만 내리는 눈발. 그래, 바람은 바람, 나무는 나무, 외로움은 외로움일 뿐, 삶을 과장하지 말아야지. 삶이란, 외로움이란, 그리움이란 참말이지….

5

슬픈 사랑은 사랑이 아니라네요. 가짜라네요. 이 푸르고 투명한 밤,
행여 그대 외로움에 길 잃을까 두렵네요.

6

만약 그대와 내가 수련과 삶의 지향점이 다르다면 우리는 가짜 사랑을 하는 것일까? 이처럼 우리 사랑 절실한데 말이야. 저 환한 달 앞에서 애써 켜 둔 등불 따위가 무슨 가치가 있겠어. 이미 사랑이라는 달이 이렇게 환한데….

7

맞아요. 잡을 수 있고 만질 수 있고 안길 수 있는데 무슨 상관이란 말
인가요. 그래요. 사랑하면 이뤄지지 않는다는 지상의 설정, 누구 건가
요, 신인가요? 이처럼 환한데 말예요.

8

.

 그대 돌아간 뒤 외로움을 자꾸만 그리움으로 헹구고 있어. 그리움에 씻긴 채 너무 환하게 빛나서 잠들지 못하게 하는 겨울밤의 조각달이며, 바람결이며 파문처럼 어려 있는 별자리들, 투명한 휘파람으로 조여 매 그대에게 자꾸만 날려 보내고 있어.

9

사랑하는 일 비바람 불고 그립고, 편지 쓰듯 사소한 일일지라도 얼마
나 용기를 주는 것인지요. 사랑하면 누구나 한 손에 불을 짚고 더 높은
곳을 향해 달려 나가는 거래요. 절정이 눈부셔 가슴 메일지라도 하늘이
내려 주는 튼튼한 이 밧줄을 바투 잡고서요.

10

    휴대폰으로 편지를 쓰고 있어, 창밖 날씨는 흐리고 흐림, 일기의 푯대 끝엔 회색이라고 매달음, 얼마나 더 걷고 정신의 무엇을 비워야, 길 뚜렷이 보일까. 창밖엔 눈발 날리네, 그대가 돌아와 있어도 날마다 보고 싶다고 기입.

11

사랑을 믿지 않으면 인간은 나락에서 뒹굴겠지요. 제가 왜 선생님 좋아하냐면요, 너무 맑아 깨질 것 같은 정신을 지니고 있기 때문이에요. 물질에 지지 않기 때문이에요. 그러나 외로움도 깊으면 화석이 된답니다. 아시죠? 열정의 화석화, 나쁜 늪.

12

절벽처럼 막막한 겨울이 오고 있어. 그리하여 외로움도 절정으로 솟구치고 있네. 오늘도 일기의 푯대 끝엔 공기처럼 투명한 그리움을 매달음, 푸른 그리움만이 정신의 도피처.

13

창가에 서면 정신이 음영처럼 선명해지는 시간, 그리움이 이토록 정신을 투명하게 만드는 것일까요. 고개 들면 시나브로 별들이 떠가네요. 그대와 헤어진 뒤 내 앞엔 완강한 적막의 밤만 남았네요. 이렇게 말예요.

14

텅 빈 창가에 서면 돌아가는 그대 실루엣 언덕에 새겨지고 또다시 썰물처럼 밀려가는 그리움.

15

인간은 어머니 배 속에서 벗어나는 순간부터 외롭답니다. 완벽히 이해되고 보호받던 공간으로부터 튕겨 나온 거잖아요. 그래서 사랑은 절실히 필요한 거잖아요. 외로움의 보상, 걱정 마세요. 우리에겐 사랑이 있어요. 아늑했던 피안의 공간 같은.

16

　바위 속처럼 깊은 밤, 인간이라는 육신이 너무 무겁다는 생각, 눈 감으면 별빛 달려와 창에 부딪는 소리 들리고 있어. 정신이 물풀처럼 투명해지며 그대와 청명하게 하나 되지 못하는 이 외로움의 정체는 무엇일까. 난 머리칼 쥐어뜯으며 절망하고 있는 거야.

17

슬퍼하지 마세요. 이깟 육신, 봐요. 물어뜯으면 이렇게 피 나잖아요. 사랑하는 순간부터 우린 하나잖아요. 우린 모든 거짓 세속의 삶에서 벗어나기로 했잖아요.

연애편지

18

휘파람 불면 날아가네, 그리움. 반딧불처럼, 처럼.

19

　빗방울 사방에서 흩날리건만 떨어지는 곳은 오직 한 곳, 그대 눈 속으로만 빗소리 듣네요. 파문은 꽃잎처럼 내 마음까지 번지네요. 오호라, 그대 만나러 가는 길 옷깃 세울 때 이미 그대 손 잡았네요. 이마며, 가슴이며 젖은걸요.

20

어둠 내리면 치장 버리고 울음만으로 날아가는 새, 새소리가 달빛 아래 그어 놓은 흰 길, 툭툭 눈물처럼 뿌려지는 산수유 열매, 산수유 향香으로 번져 가는 그리움, 비로소 나는 가리라. 화장을 지우고 귀고리를 벗어 둔 채 맨얼굴로 잠들어 있는 그대에게.

21

지금 가장 선명하게 떠오르는 그리움의 그림자, My Teacher.

　눈꽃 피는 새벽 강에 그리움의 푸른 배를 띄운 뒤 신의 가슴에 닻을 내리면, 비로소 물은 실로폰 소리를 내며 흐르고, 바람은 하프 줄을 고르며 불어와 사랑보다 더 맑은 완성은 없네. 섬진강에 더러운 관념을 씻고 투명한 정신의 뼈로만 돌아오고 싶네.

23

내 창엔 커튼이 없어요. 덧문 열면 상현달, 하현달 새파란 바람, 청명한 밤이 마구 쏟아져 들어오지요. 왜 못 오시나요? 밤이라서요? 보고싶어요.

24

乙이 싫어하는 것이 물질인지, 수련인지, 관념인지 잘 모르겠어. 물질
주의적 삶의 지리멸렬함이 아닐까. 난 지금 가장 더러운 세속적 관념의
날에 산산조각 나버렸으니 말이야. 내가 꿨던 꿈은 가짜였고, 세상의
삶도 종이 무대였을 뿐, 그러니 제발, 날 버리지 말아요.

25

전체가 아름다워 아름다운 집은 없어요. 창 하나만 반짝여도 집 전체는 빛을 내며 우뚝 일어서고 못 하나만 반듯이 꽂혀도 하루를 건너온 노역의 옷 단정히 걸리겠지요. 사랑이 아름다워 아름다운 세상은 있겠지요. 다시 시작할 수 있겠지요. 사랑의 힘으로.

26

 불빛 드는 저녁 도장道場의 창가, 커튼에 하염없이 눈멀었을 뿐 그대 발길 건네 오지 않아 서글펐네. 눈 맞출 수 없어, 눈빛 훔칠 수 없어, 한 없이 외로웠네. 눈물 대신 휘파람을 날리며 장미만 빈 가슴에 꽂았던 저녁 내내….

27

모세는 파도 속에 지팡이를 던졌고, 그대는 어둠 속에 초승달을 던졌
네요. 그대 창가에서 내 이마까지 푸르게 갈라지는 눈썹달의 길.

28

    乙의 초상화 끝낸 뒤 천千 마디를 깎고 줄여 보고 싶다고 기입. 화실 밖 정적이 가슴에 금을 긋고 지나는 소리, 목탄 서걱이는 소리, 그리움이 우네. 맞아, 그림이란 그리움을 그리는 거야. 그리움의 실체가 화폭에 乙의 모습으로 살아있네.

29

오피스텔로 홀로 돌아오는 골목길, 밤바람에 와르르 눈꽃 날리면 끝도 시작도 푸르게 비어 있는 밤. 불현듯 안간힘으로 견디고 있던 가면에서 떨어지는 눈물 한 방울, 사랑은 이런 건가요.

30

세상의 강은 시리고 깊어 혼자서는 건널 수 없는 것. 그리우면 지상의 창들은 보석처럼 반짝이고, 손짓하면 세상의 집들은 불빛처럼 일어서리니, 사랑하면 밥 한 알 돌멩이 한 개에도 스며있는 신의 사연들을 읽어낼 수 있나니, 관념을 넘어설 수 있나니.

1

그대가 나를 바래다준 뒤, 어둠 내리고 박명은 푸르게 짙어 가네요. 정신 속에 그대 떠난 길은 선명히 남아있네요. 사랑을 사랑이라고 말하기 위해 어둠을 정직하게 어둠이라고 말해야겠지요. 아픔 없는 사랑이 어디 있나요. 쓸쓸치 않은 삶이 어디 있나요.

2

새벽 1시, 무릎걸음 걸어 FM 누르면 낙엽처럼 일렁이는 음표들 'Sometimes I Fell Like a Motherless Child' 왜 밤이면 고아가 되는 것일까. 잠 안 오는 밤은 내내 그러하다고.

3

    도장道場 앞, 손 흔들며 그대 떠나고, 어둠 내려 하늘과 땅이 맞닿으면 끝인 줄 알았어요. 그러나 다시 시작이라며 저토록 굵은 붓 자국 그어놓는군요. 이 따뜻한 겨울 박명薄明.

4

박명의 시간, 절망 쓸쓸함은 마감돼 버리라고 수수깡처럼 텅 빈 휘파
람을 불고 있어 BACH의 아리아풍으로.

5

To. Teacher

함께 섬진강에 가고 싶어요. 새벽 강에 우리 사랑 헹구고 싶어요. 밤 하늘에 걸어두고 싶어요. 정말 우리 사랑 한사코 모양 지우는 물소리, 바람 소리 같네요. 달빛 사이로 달아난 흰 물소리의 길 같네요. 끝마저 지운….

From. 乙

6

우린 알고 있지. 지구는 우주의 학교라는 것, 가장 중요한 과목은 사랑이라는 것, 그리하여 사랑하면 우주는 더욱 푸르러지고 지상의 꽃들은 더욱 붉게 빛나리라는 것, 사랑은 눈에 보이지 않아서 더욱 빛난다는 것. 창밖에 촛불처럼 펄럭이는 별빛처럼.

7

브람스 교향곡 4번 1악장, 이처럼 외롭고 회한 어린 선율을 들어본 적 없어요. 브람스는 왜 스승의 부인을 사랑했을까요, 외로움을 껴안았을까요. 그것이 그가 뛰어넘어야 할 운명이고 중요한 과목이었겠지요.

8

　창밖, 뜰을 건너는 바람 몇 무리. 머리칼 날리는 사철나무 한 그루, 생의 의지를 완성하고 실루엣으로 돌아서 있는 푸른 나무. 아름다운 생각으로 내면의 푸른 꽃 피워 서 있는 그대의 정맥 같은 장미나무 여섯 그루. 많이 쉬었으니 다시 맹렬히 수련해야지?

9

To. Teacher

   질풍노도 시절 지나면 무엇이 올까요. 외로움, 이 단어에는 반대말이 없어 절대어라지요? 그리움의 격정, 막는 방파제는 없는 건가요? 지상에서 몸 지니고 살면서 진정한 사랑 이룰 수는 없는 건가요?

From. 乙

10

이 편지 받는 날 밤하늘을 보아, 투명한 달 하나 떠 있을 거야, 귀를 기울여 봐, 자꾸만 날아가는 생각을 입술로 조여 휘파람 불어 줄 테니. 귀를 나팔꽃처럼 펴고 들어 봐, 근사한 발라드풍의 선율이 반딧불처럼 날아갈 테니.

11

To. Teacher

아, 지금 내 귓가에 반딧불 같은 선율을 날려 보내 주는 휘파람이스트
는 누구인가요?

From. 乙

12

To. 乙

　창가에 서서 어둠에 이마 기대면 정신이 물푸레나무처럼 푸르러지면서 브람스 3번 3악장이 날아들고 있어. 들려? 이 짙푸르게 출렁이며 날아가는 심장의 박동 소리가?

From. Teacher

13

To. Teacher

아, 브람스의 그리움은 이토록 유려한 선율로 클라라에게 날아갔군요. 이 따스하게 두근대는 심장의 박동 소리로.

From. 乙

14

    브람스 교향곡 1번을 들으면서도, 정신이 자꾸만 그대에게 미끄러지고 있어. 이 진중한 선율의 무게가 내 그리움의 절실함을 막지 못하는 거야.

15

지상이라는 학교의 중요 과목은 사랑, 그 절정이 눈부셔 아득하고 비바람 심해도 추락하지 않기 위해 신뢰라는 튼튼한 밧줄을 바투 잡고서, 그리하여 이 비 그치고 나면 우리 가슴 더욱 푸르고 무성해지겠지요.

16

    화가는 가장 아플 때 가장 황홀한 그림을 그리는 법. 투우사가 소의 뿔에 받혀 쓰러질 때 관객이 환호하는 것처럼 예술가는 상처를 가장 극명하게 앓는 희생양이지. 잠수함의 토끼 같은 존재, 사랑은 그런 것. 감히….

17

    처음 만날 때부터 시종 관류하는 시냇물 있어요. 여울지는 맑은 슬픔 있어요. 지상 위 상처로 태어나 사랑의 상처 핥는 일 소금꽃처럼 서러워요. 가을꽃 피고 지고 봄풀 짙어 올 때마다 더욱 싱싱한 슬픔 보며 묵묵히 사랑의 나이테 확인해요.

18

책 읽다가 생각이 발 헛디디면 거기엔 어느새 그대 있네. 정말 두려워
요. 사랑을 하면 왜 두려워지는 걸까요. 서둘러 기억 속의 그대 지우고
다시 책 속으로 힘겹게 돌아오네. 그댄 알겠지. 이 더딘 발걸음을.

19

겨울비, 짙푸름 나누며 수런수런 비를 맞는 나무들 보여요? 불현듯
그리움의 거울 앞에 수은 등 켜면 내 마음이 먼저 푸르게 젖고 있는 거.

20

그댄 알겠지? 무작정 乙에게 달려 나가지 못하는 이 창가의 서러움을.

21

이 밤도 진정 그댄 별보다 멀리, 달처럼 가까이 있습니다. 아시지요?
바람처럼 무작정 달려 나가는, 이 그리움의 무모함을.

22

    수련을 위해 좌정하고 앉은 새벽 두 시는 乙을 향해 떠나는 투명한 시간. 모든 세속의 관념과 사상을 벗어나 그리움이 양신을 타고 그대를 향하는 시간 그대는 침대에 잠들어 있었네. 이 투명한 청색의 화폭을 내일 그대 머리맡에 걸어 주고 싶네.

23

그리움에 씻긴 채 환히 빛나서 잠들지 못하는 겨울밤의 조각달이며 바람 소리며 가슴에 금을 긋고 지나가는 바람 소리며, 이 싱싱한 정신의 풍경들은 얼마나 아름다운 감옥인가요. 빛나는 상심의 지옥인가요.

24

오전 내 나무 둥치에 기대 乙을 생각하다가 아픔이 없다면 이런 나무
마저도 생기지 않았을 거라는 것 알았네. 정신과 육체가 아픔의 소산이
고 생이 아픔의 형량이라면 상처와 상처가 엇물린 채 달밤의 환한 꽃으
로 피어난 것이 우리들 사랑일까?

25

사랑은 갈망이 아니라네요. 바람이 아니라네요. 한없이 낮아져서 물처럼 모양이 사라졌을 때 전체가 돼 출렁이는 영혼의 충만감이라네요.

26

내 메마른 입술, 둔한 그리움. 행여 그대에게 가 닿지 못할까 홀로 뒤척이던 긴 밤, 새벽의 맑음에 퍼뜩 이마 짚은 뒤 비로소 알았지요. 갇힌 사랑은 가둔 자와 갇힌 자 둘이라는 것, 사랑은 빠지면 나누기에 취醉하면 벌써 길 잃는다는 것.

27

때때로 언어로는 부끄러웠던 것들이 오늘 밤 눈이 되어 내리고 있어요. 그리하여 세상 모든 그리움, 그리움은 밤새 청색의 눈사람이나 될까요.

28

밤하늘, 창문을 여니 하현달이 이마에 드리워지네. 기억나? 집 앞 골목에서 이마에 입 맞추던 기억. 헤어짐 때문에 그 쓸쓸하면서도 황홀했던 충만감.

29

유리창에 이마 기대면 한정 없이 투명해지면서 몰려드는 그리움, 끝
없이 창가에 머무르게 하는 그리움의 그림자, 창밖엔 모든 사물들이 소
멸되고 완강한 정신의 어둠만 남았어요. 그래요. 그리움만이 투명하고
완벽한 밤이에요.

30

보고 싶은 얼굴 乙. 그리고 눈사람 같은 추억. 가슴에 부딪자마자 녹아 버리는 슬픈 눈발들.

IV

1

　그래요, 우리가 도달해야 할 곳은 언제나 더 나아갈 수 없는 길 위에
있었어요. 더 맑아질 수 없는 곳에서 안간힘으로 한 걸음 내디뎠을 때,
사랑 아닌 모든 것들 꽃답게 산화한 뒤, 이슬 같은 눈물 하나 유성처럼
가슴에 금을 긋는 것이었어요.

2

　새벽 2시, 어김없이 찾아드는 돌멩이 같은 고독의 중량감, 무엇에서 벗어나지 못하고 있는 것일까. 진공 같은 정적 속, 바람 소리마저 너무 무거워 어찌할 줄 모른 채 맹렬하게 乙이 보고 싶을 뿐 헤어지고 싶지 않아, 乙관 절대.

3

    외로움, 쓸쓸함, 그리고 덧붙는 슬픔, 이런 건 나쁜 일이에요. 사랑의 반칙이에요. 떨어져 있어도 우린 이렇게 함께 있잖아요. 지금 이 순간 그대에게 달려가고 있잖아요. 난 속인 적 없어요. 뇌腦가 속이는 건가요?

4

무엇보다 깊은 사랑 이 맑은 외로움뿐이라는 것 새벽 강 나와서야 알았네. 겨울새 골똘히 제 사랑 물어 나르고 있었네. 아무도 혼자일 수는 없네. 사랑은 강물처럼 나를 지우고 그대 맑히는 길, 내 눈물이 이토록 따스한 이유, 새벽 강에 나와서야 알았네.

5

둘이 내려다보는 섬진강, 휘파람새가 끌고 가는 적요의 세상, 별들이
하나둘 밤의 나루터에 푸른 꽃등을 거네요. 그리움의 덤불 눕히며 바람
이 부네요. 밀항처럼, 밤의 내밀한 품속으로 떠나가야죠. 신의 가슴을
향해 향수의 닻을 올려야죠.

6

보여? 저 아름다운 이별 의식이? 사랑에 길 잃었던 모든 것들이 밤하늘 별자리로 떠오르면서 하나둘, 저 돛을 달고 있잖아. 어떤 아픔도, 아름다운 죽음을 향해 돌아가고 있잖아. 보여? 저 적멸을 향한 아름다운 이별 의식이?

7

지상의 모든 강 바다로 가듯, 모든 이별, 죽음은 적멸로 가네요. 삶은 관념을 버리라는 지상의 비밀 이정표. 강변에 새벽 내리면 모든 연인들은 눈물로 씻긴 새벽꽃이네요. 섬진강은 이처럼 변함없이 새벽 강이네요. 제겐 적멸로 돌아가는 그리움의 총이 있어요.

8

중천으로 달이 솟구치고 있었고 그대는 말했어. 달빛과 섬진강의 투
명함과 나와 하나가 되고 싶다고….

9

아아, 그대 눈빛, 마치 내 육체를 벗기고 들어와 내부의 풍경을 바라
보는 것 같아요. 오, 내 영혼!

10

우린 한 겹씩 육신의 경계를 지워갔어. 그댄 풀잎처럼 흐느낌을 토해
냈어. 오랜 세월 참았던 서러움을.

11

가슴에 달물이 들기 시작했어요. 달빛은 부드럽고 환해요. 환하게 물이 들어요. 달빛은 슬프지 않아요. 부드럽고 편안해요. 달빛의 푸른 공간에 영혼만으로 떠 있는 내 자신을 발견했어요. 그 달빛에 내 육신 촛 농처럼 녹아내리네요.

12

그대 귀밑의 살쩍이 내 입속에 풀잎처럼 빨리며 가두어졌어. 그때 내 가슴 충만감으로 출렁였네.

13

내 귓불은 그대 입안에 빨려 들어갔지요. 우린 서로의 몸 향기를 맡았
구요. 서로는 아득한 그리움의 향내를 토해내고 있었구요.

14

가슴에 우산처럼 접혀 있던 외로움이 펼쳐져 집이 되었어. 가슴과 외로움이 하나 되자 향수는 오르가슴을 타고 완성됐네. 불이 된 그리움이 펄럭이며 타올랐어. 집이 흐느낄 때마다 어둠 속 생의 뿌리 하얗게 드러났어.

15

영혼은 빛이었고, 빛은 신이었지요. 신의 이 황홀한 율동, 그대는 숨 죽이며 내 안에 들어왔지요. 영혼의 결합, 이 텅 빈 충만!

16

그래, 얼마나 머나먼 길이었던가! 꽃 피는 입술까지, 흐느끼며 함께 들어선 달빛 공간, 이 환한 삼매三昧, 우린 몽유夢遊하네.

17

아아, 돌아가고 싶어요. 돌아가고 싶어요. 태어나기 이전의 본래 자리
로, 나도 모르게 절박하게 흐느꼈지요.

18

그래 섬진강 변의 이 작은 집, 지난여름 첫 키스의 입술 빛만으로 나부끼네. 이제 이곳에서 희망을 저지르자. 사랑 아닌 모든 것들 사랑으로 맑히며, 내달리면 미칠 듯 불타오르는 단풍 숲, 우리 이곳에서 신의 가슴에 흰 새처럼 꽂혀 버리자, 꽂혀 버리자!

19

　나부낄 것, 나부낄 것. 사랑 아닌 것들에 미끄러져 잠 못 이루었던 지난밤들 태워 버릴 것, 태워 버릴 것. 지난여름의 단풍 숲으로 가요! 이제 우리 이곳에서 희망을 저질러요.

20

그대를 향한 내 그리움은 허둥대며 달빛 할퀴었어. 우린 영혼만으로 기억의 강을 건넜지. 육신에 유배되기 전 우린 신神이었을까, 가로등 대신 가을 달 밤새 닦아 걸었네.

21

어둠 흔들어 밤 깨우자 나붓, 밤 뒤척인 뒤 두견새 입술 위에서 붉게
울었어요. 내 안에 그어진, 깨진 술잔에 긁힌 초승달 같은 사랑의 상처,
만산홍엽 그 안에서 고적히 타올랐어요. 몰랐어요, 내 안의 상처, 그 치
유의 확신.

22

새로운 세상은 펼쳐질 것 같아요. 제3의 새로운 시대가 열릴 것 같은 예감, 탈출해요. 떠납시다! 어리석은 부와 터무니없는 관념과 사상에 찌든 이 낡은 세기를!

23

　그래요. 진실은 몸이고 현실이에요. 그대 입술이 내 몸에 흔적처럼 머물렀을 때, 가슴에 떠 있는 별 하나를 보았어요. 언제부터 가슴 속에 별은 살고 있었을까요? 그 별은 정신을 쓰다듬을수록 빛을 내며 더욱 싱싱히 일어서는 것이었어요.

24

 신神에게 오르는 아득한 계단, 달이 푸른 기적汽笛을 내뿜으며 중천
에 정거하자. 서둘러 옷을 벗는 달맞이꽃들, 이렇게.

25

    섬진강에서 우린, 은어처럼 밤새 거슬러 올랐네요. 우리는 얼마나 오랫동안 육체 속에 갇혀 서러웠던가요. 서러움 커튼 젖히고 거스르고, 거스르며 은어처럼 회귀해 버린 기억의 끝.

26

깊고 푸른 포옹, 그리고 소멸, 이후의 오랜 엑스터시!

27

순식간에 별 하나가 건너오고 별빛에 섞이는 순간, 아아, 그대와 나
구별 없이 빛으로 펄럭였지요. 그 순간 난 알았어요. 사랑과 인간과 신,
충만감은 하나라는 것.

연애편지

28

어디 있어요. 아아, 어디 있어요. 난 알 수 없는 공간으로 아득히 곤두
박질해 버리고 말았지. 비로소 신이었던 시절을 우린 만난 건가! 이 내
밀한 추락을 통해, 아스라한 무중력의 낙하감을 통해.

29

당신과 함께 드러누워 바라보는 자정 무렵의 북두칠성, 오, 물 항아리 속에 잠겨있는 무수한 옛사랑의 기억들. 지난 시절의 상처들. 그러나 우린 이미 우주와 하나가 되었네요. 아득한 그리움의 빛이 되었네요.

30

　왜 그대를 안고 난 후엔 고독감이 밀려드는 걸까. 하지만 오늘은 아
냐, 사랑이 끝난 후에도 그대가 절정의 여운처럼 내 곁에 누워 있잖아.
그댈 안고 난 후 꽃처럼, 실체처럼 맹세할 수 있지, 이 감동 영원하다
고. 그대를 죽어서도 잘 돌볼 수 있다고.

31

그대가 너무 그리워서 눈물에 젖어 내내 잠들었어요. 세상의 관념에
왜 우리 만남을 방해받는지 곰곰이 들여다보면서.

V

1

아픔을 아름답다고 말할 수 있기까지, 얼마나 많은 눈물을 저 달 속에 드리웠던가요. 외로움 헹구어 그리움으로 하늘에 내걸었던가요. 눈 내리던 날 지상에 홀로 남아 날아오르는 새들을 부러워했던가요. 지금은 흔들릴수록 아름다운 유형流刑의 길.

2

 반딧불처럼 잦아들면서 휘파람새가 고삐를 당기면 박명薄明의 산이 섶을 열어 기다림을 드리우네요. 아플수록 맑아지는 내 안의 사랑. 비밀처럼, 신은 내 안에 살고 있었네요. 치맛자락 여미며 서산 아래 달이 먼저 내리면 이제 다 왔네요. 신神의 새벽 나루터.

3

모양 지운 지 오래. 막히면 기다리고, 섞이면 사랑할 뿐 갇히지 않소. 꽃잎 속, 바위 속 이 굳건한 기다림 낮은 곳으로, 낮은 곳으로 마침내 가장 낮은 곳으로, 색깔마저 색깔의 기억마저 지운 지 오래. 물처럼 만남도, 사랑도, 헤어짐도, 흔적 없네.

4

 길 건너편에서 서로 창백히 손 흔들어 보이면 그토록 가까웠던 어깨 사이에 지금은 가로놓인 길이며, 눈물 속에 흐르는 차창이며, 가로등이며 눈발에 지워지고 있는 눈썹이며, 얼굴이며, 달빛은 눈을 뿌려 묵묵히 이별의 묵화를 치고 있네요.

5

 비 오는 저녁, 여읜 어깨 사위며 누가 울고 있나 보다. 빗줄기에 흐느끼며 강물에 섞이고 싶나 보다. 미안, 미안하다며 신神이 대신 어둠 내려 주어도 삶을 얻고, 사랑 잃었다며 창변에 그리움 한 등 켜 든 채, 풀잎처럼 애절히 누가 울고 있나 보다.

6

처음 만날 때부터 시종 관류하는 시냇물 있습니다. 여울지는 맑은 슬픔 있습니다. 지상 위 상처로 태어나 사랑의 상처 핥는 일은 소금꽃처럼 서럽습니다. 가을꽃 피고 지고 봄풀이 짙어 올 때마다 싱싱해져 가는 슬픔 보며 묵묵히 사랑의 나이테 확인합니다.

7

떠나는 것들은 저마다 이별의 음표音標를 펄럭였네. 함께 거닐던 강물도 굽이에 이르러 황망히 내 가슴에 방울 소리 던졌고, 박명의 지평선에 함께 눈썹 걸었던 진초록 새들도 산허리의 오선에 울음 몇 낱 떨군 뒤, 황급히 어둠 속에 얼굴 묻었네.

8

이별은 함께 나아갈 수 없는 좁은 길에 이르러 운명처럼 예비 되어 있었어요. 그대와 나, 얼마나 더 가슴들을 지워야 영원까지 함께 갈 수 있는 것일까요. 지상에서 사랑의 서슬에 가슴 베이기 어언 몇 년, 이리도 쓸쓸한 향수의 종점은 아직도 멀었나요?

9

함께 더 나아갈 수 없는 좁은 길에 이르러 예정처럼 우리는 손수건처럼 나부끼네요. 방울 소리 철렁이며 멀어져가고, 지워져 가고 어둠 속에 장승처럼 홀로 남아 신神의 옷자락 같은 푸른 별자리만 황홀히 일별하고 있네요.

10

나는 이리로 너는 저리로 건너간다. 가을빛 넥타이 눈물빛 스카프 알레그로, 흔들리며 멀어져간다. 다시는 안길 수 없는 곳으로 너는 흰 새처럼 나는 한 점 눈물로 꽂혀 간다. 이별 없는 만남이 어디 있으랴. 지워지지 않는 운명이 어디 있으랴. 사랑이란 정말이지….

11

상심은 깨진 꽃병처럼 쓰라리지만 공기처럼 묽어지겠지요. 신호등 앞에서 열 번쯤 목멘 뒤 밤은 내리겠지요. 저녁 창가에서 커피 빛 어둠을 스푼으로 속절없이 헤젓고 나면 사랑과 이별은 눈물 빛으로 희석되겠지요. 죽음보다 깊은 잠 속으로 망명하고 말겠지요.

12

죽음처럼 깊은 잠 속에 몸을 누이면 삶과 죽음, 만남과 헤어짐이 한 무더기 꽃처럼 피다 지는 곳. 휘늘어진 지상의 양 끝에서 우린 각자의 한 생애를 마감하겠죠. 눈 닫고 나면 우리의 것이 아닌 새벽은 열려오겠죠. 낯선 풍경으로 아다지오, 아다지오….

13

아픔까지 껴안기 위해 등을 보이는 사랑처럼 서둘러 떠나고 있는 눈
꽃의 낙화, 침묵으로만 지켜지는 약속도 있듯 이루어질 수 없어 더욱
깊은 사랑도 있어요. 서둘러 눈물 지운 채 고개 들면 세상은 눈발처럼
너무 하얗지 않은가 말이야, 슬픔은 없다는 듯이….

연애편지

14

이별음악회, 드뷔시 바다에 눈이 빠져 죽는다. 죽음이 슬프다는 건 거
짓이다. 이별은 이국적이다. 박수가 날아오른 뒤 막은 내릴 것이다. 거
리에 서면 너와 나, 사이에 눈 내릴 것이다. 바람 불어 드뷔시 쓰러지면
사랑이 아름다움이라는 건 거짓이다. 오직 슬픔!

15

    종소리가 울어 주는 예술의 거리 찻집 문 닫고 거리로 나섰을 때 내 심장 박동엔 눈물이 었죠. 주전자만 홀로 뒤적이던 난로의 불빛에 침묵이 깊어 버린 탓일까, 창가에 분홍빛으로만 꽂히던 눈발은 이제 거리에 하얀 등꽃으로 지고 있네요.

연애편지

16

낯선 사람처럼 헤어진 뒤, 몇 잔의 술을 정신에 부어 주고 택시를 탄 채 흔들리며 되돌아왔어. 쓰러져야 할 것들이 모두 쓰러져 버린 침전의 새벽이 펼쳐져 있었고, 적막하였고, 난 쓸쓸함에 진저리쳤네.

17

새벽 엘리베이터는 폐선처럼 지친 나를 17층까지 인양시켜 주었고, 다시는 눈 떠지지 말기를 기대하며 홀로 빈방에 드러누웠고, 섬광 같은 만남은 잠 속에서도 환했고, 지금은 새벽 세 시, 스마트폰 끌어당겨 그대에게 편지를 쓰고 있어요.

18

도반道伴에서 연인으로? 단지 그대가 내 수련을 결코 따를 수 없다는 이유 때문에? 아직은 삶과 수련에 대한 가치관이 다르기 때문에? 그렇다면 우린 지옥에 버려져 있는 거야.

19

그대를 사랑하지 말아야 한다고 다짐했던 그 안간힘이, 둑 밑에서 찰랑거리는 물처럼 불안과 안도가 뒤섞였던 그 안간힘이, 한꺼번에 둑을 무너뜨려 버린 뒤, 나는 지금 어디로 범람될지 모르는 불안한 물살입니다. 아니 우리는.

20

To. 乙

 운명이란 결코 아무것도 용서하지 않는, 신이 보낸 괴력의 밀사라는 것을 다시 한번 확인해 버린 지금, 나는 결코 어디로도 달아나지 않을 작정이오, 아니 우리는.

From. Teacher

21

  우산처럼 커피 맛 챙겨 들고 바흐의 숲 빠져나왔을 때 어둠 내리고 있었네요. 돌아오기 위해 떠나는 가을처럼 그 시간 팻말처럼 꽂아뒀지요. 수련에 지친 내 실체가 드러난 엄혹한 현실, 그대 식탁에 함께 앉아 슬픔 등燈 켜고 묵묵히 저녁 식사를 했죠. 하늘에서 버려진 눈물처럼.

22

    단풍빛 입술과 머리칼 안타까이 헤집던 손가락의 기억들, 가슴 할퀴며 빠져나갔네. 흰 새처럼 펄럭이며 지평선 끝에 스미던 그대, 눈물의 무게로 휘어지던 지평선, 돛배처럼 미끄러지며 가을 박명 속 초승달로 떠오르는 중.

23

우린 어깨 기댄 채 창밖 겨울 속에 시선을 던져뒀네요. 겨우내 눈발은 얼마나 창가 불빛 쪽으로만 몰려들어 현악기처럼 눈물겹게 펄럭일 것인가. 그래서 브람스는 김 오르는 주전자 놓인 겨울 난로가 제격인 것, 문신처럼 메모했죠.

24

아아, 브람스 현악에서는 들판에서 돌아와 마시는 커피 내음이 난다며 그댄 내 어깨에 고개 기대는 거였어. 우린 내내 침묵했지. 떠나가는 것들은 말이 없는 것일까. 침묵도 액세서리가 되는 것일까.

25

내내 침묵을 겨울 깃처럼 가슴에 꽂았지요. 미처 길 떠나지 못한 늦텃
새 한 마리 분홍 꿈 물고 늦은 길 떠나는 게 창틀에 액자로 걸리데요.
문득 터트려지며 불빛 쪽으로만 몰려들던 눈발, 따스한 곳이 그리운,
우리 사랑, 눈물 나네요.

26

우린 커피 잔을 놓고 함께 창밖을 바라보았네. 내려다보이는 건넛집의 지붕에는 인위의 가위에 의해 자유가 절제된 향나무 몇 그루가 동그랗게 외등의 불빛 속에 침몰하고 있었네. 우리 사랑, 가짜 제도에 의해 왜 난도질당하는 걸까.

27

제도 밖에서, 관념 밖에서 난다는 것이 무엇인지 도무지 알 수가 없었어요. 내 영혼은 단 한 번, 어느 한순간도 날아본 적 없거든요. 우린 뭔가 잊고 있어요. 그 뭔가가 도무지 생각나지 않는 거예요. 나는, 아니 우리는.

28

그대 입술에서는 눈물 맛이 났네. 입술까지 흘러내린 눈물을 혀로 닦아 주었네. 눈물에서는 풀잎 내음이 났어. 그댄 가만가만 진저리를 치기 시작했어. 돌아가고 싶어요, 돌아가고 싶어요, 그런 절박한 소리를 처음 들었네.

29

내 안으로 들어와 가만가만 달래 주었을 때 위로받았어요. 처음으로 정신이 풀잎처럼 눕혀졌어요. 내 깜깜한 정신의 방에 반짝 촛불이 켜졌죠. 처음으로 사랑받았다고 느꼈고, 진정 아무 후회 없어요.

30

달콤함은 달이 뜨는 순간처럼 머릿속을 환하게 해주었지. 뇌리에 영혼의 가로등이 걸리는 거야.

VI

1

　상대방의 기준으로 자신도 이래야 한다고 부담을 갖는 것은 줏대 없는 생각이고 자신의 생각대로 다른 사람에게 저래야 한다는 것은 쓸데없는 참견이지. 자신의 욕망 체재에 이용하려는 정치인들의 속임수. 그래, 부러움은 무지無知고 모방은 자살이지.

2

외롭다는 것은 무언가 비어 있다는 것이겠죠. 비어 있는 부분이 가치를 결정하는 것이겠죠. 그러나 실제로 부족한 것은 없어요. 비어 있다는 생각은 착각일 뿐이죠. 우리 그리움의 궁전에는 늘 풍성함이 넘치고 있잖아요.

3

나의 가치와 그대의 가치를 이해하고 나의 이상과 그대의 이상을 하
나로 이어 주는 소통, 그 소통을 우주의 신비로 이어주는 것, 사랑은.

4

    버사이커 파이시스, 두 모형의 겹친 부분, 우리는 얼마나 깊고 견고하게 영혼의 빛을 공유하고 있는 것일까요? 각자면서 하나인 것일까요? 사랑하면서 자유로운 것일까요?

5

 사랑하는 사이란 전적으로 독립된 존재도 아니며 지나치게 의존적인 존재도 아닌 관계라는 뜻이겠지. 자유로우면서 속박돼 있고 각자의 지향점이 있으면서 공동의 목표가 있는 것, 이런 견고한 교감.

6

처음 만나 사랑의 열병에 빠졌을 때 두 사람은 하나의 목표를 가졌다고 생각하지만 실은 두 사람 중 한 사람은 자신을 잃어버린 것 아닐까요. 그것이 사랑의 함정 아닐까요.

7

각자의 목표를 가지면서도 공동의 목표가 있을 때 세속의 물질적 욕망을 우주의 영혼 쪽으로 되돌릴 수 있는 통로를 마련할 수 있겠지. 사랑은 무한정한 신비와 우주의 황홀감과 맞닿아 있으므로, 그대와 나 과연 어디로 가는 것일까.

8

내 가치 순위의 아래쪽에 있던 것을 끌어올려 관심을 가져야 되겠죠. 그대를 사랑하는 한, 도道와 수련과 그대는 나의 일부고 나 또한 그대의 일부가 되겠지요. 그것이 곧 사랑하는 두 사람의 버사이커 파이시스, 영혼의 교류점이니까요.

9

끊임없이 펼쳐진 우주의 신성함 속에서 너와 나의 공통부분을 찾아 영혼의 결합을 추구하는 것. 과연 우리는 사랑의 진실을 통해 각자의 틀을 벗어날 수 있는 것일까.

10

사랑하면 의식이 무한정 확장되기 때문에 비밀스럽고도 신성한 우주의 질서를 바라볼 줄 아는 사람으로 다시 태어나겠지요.

11

그대와 나의 관계에 대한 신의 거대한 계획을 엿보고 말았소. 그대와
나의 모든 것을 하나의 우주로 인정하는 것, 사랑의 화음을 통해.

12

    슬픔은 현실을 제대로 이해하지 못한 데서 비롯되는 현상이라네요. 잃었다는 생각은 변용된 사건일 뿐, 실제로는 잃은 것도 끝난 것도 없다네요. 애착에 대한 금단현상일 뿐 떨어져 있어도 이렇게 함께 있잖아요.

13

정말로 사랑하는 사람은 상실감을 느끼지 않는 것이겠지. 뼛속 깊이
사랑하는 사람은 살아있건 죽어있건 늘 곁에서 함께 하기 때문에.

14

상실·회한·사별·슬픔·비탄 등의 감정은 떠나간 사람의 어떤 부분에 흠뻑 취해 있거나 중독되었을 때 생기는 것이겠지요. 일종의 금단현상이 겠지요. 사랑은 이렇게 지독히도 생생히 깨어있는 아름다운 지옥이잖아요.

15

진정, 사랑을 알게 되면 믿을 수 없을 정도로 홀가분한 해방감을 만끽할 수 있겠지. 성스러운 우주의 장대한 신비감을 엿볼 수 있겠지. 선택은 우리에게 있는 것. 열병에 휩싸여 장님이 되거나 사랑의 신비를 엿본 영혼주의자가 되는 것은.

16

사랑의 에너지는 생기지도 사라지지도 않는 것. 다만 영원한 것. 형태만 달리할 뿐 본질인 에너지는 영원한 것. 새로운 진보의 형태로 나아가는 것. 우주의 신성한 신비에 가닿는 힘. 우리도 나락에서 신성으로 달려 나갈 수 있을까요.

17

누군가에게 빠져 있다거나 무엇인가를 빼앗긴다고 생각하는 것은 착각인 거요…. 사랑의 에너지, 그 본질만 알 수 있다면 사랑의 아픔에서 벗어날 수 있겠지.

18

　선하거나 악하기만 한 사람이 없는 것처럼 아름답기만 하거나 아프기만 한 사랑은 없겠지요. 잘못된 만남이라는 착각은 인식의 오류일 뿐 진실이 아니에요. 우주로 열린, 사랑의 신성한 문을 열어젖힐 수 있다면 오, 이 우주의 신비한 출렁거림 보세요.

19

생각과 삶의 방식이 다른 사람끼리 사랑했다고 누가 비난하고 헐뜯을
지 몰라도 또 어떤 사람은 칭찬하고 감탄할지도 몰라. 우주는 평형성과
동시성을 유지하는 무한한 질서, 사랑은 그 신비로 오르는 계단인 것,
사랑보다 더 위대한 체계는 없네.

20

사랑이 행복만 좇는다면 어느 한쪽밖에 볼 수 없겠죠. 사랑의 신성함 앞에서 인생의 장엄한 질서를 인정하면서 겸손해질 때 내면의 신성神性은 출렁이겠죠. 함께 가요, 생각의 다름을 넘어 어디든지.

21

하나 됨을 목표로 사랑하지만 우리는 결코 하나 될 수 없는 것, 너와 나의 불완전함이 만나 더 환한 꽃으로 피어나는 것이 우리들의 사랑, 이토록 아프고 내밀한 진화와 창조, 우주와 하나 되는 힘. 사랑이라는 이름의 계단은 낙엽 내리는 길처럼 진정 눈물겹소.

22

이별이 두렵다면 사랑도 두려웠겠지요. 이 푸르고 환한 우주에서 헤어진들 우리가 어디로 헤어질까요. 중요한 것은 그대와 나의 가치관이 우주의 질서를 유지하며 하나로 휘늘어져 이어지는 것이겠지요.

23

인간은 상처 덩어리고 사랑은 치유행위여서 어렵고 예민한 것. 아픈 사람은 누구나 자신의 상처가 가장 커 보이는 법. 너와 나의 상처가 똑같다는 것을 알 때 사랑은 열리는 것. 균형을 이루는 순간 비로소 우주의 신비한 비밀이 쏟아져 들어오는 것.

24

그 사람이어야만 행복하고, 그 사람이어야만 충만한 삶을 살 수 있다는 것은 착각이겠죠. 그것은 구속일 뿐이겠죠. 이미 모든 것은 그대와 내 안에 갖춰져 있는 것을, 제대로 사랑하면 알게 되는 것을, 우린 이미 알았잖아요. 후회 없잖아요.

25

육신은 현실에 있지만, 마음은 과거에 붙들려 있는 사람들이 있소. 사랑의 실패조건은 미래가 아니라 과거요. 사랑하면 상처받지 않을까'라는 불안감이 불행의 씨앗, 사랑은 상처에서 출발하는 것이라는 것을 인정하면 불행은 사라질 거요.

26

모든 사람들은 외롭지요. 그것이 육신을 가진 우리의 운명이겠지요. 또한 사랑할 수 없는 사람들은 더욱 외롭겠지요. 우리는 각자의 상처를 치유하기 위해 지상에서 사랑하며 살아가는 거니까요.

27

    사랑이란 마음속 더 이상 자라지 않는 아이에게 성장할 기회를 주는 것이라오. 그렇다면 우린 근본적인 상처를 치유하기 위해 사랑하는 것일까, 그것이 우리 안의 분신分身일까, 지금 우리 안의 분신에게 사랑으로 다시 일어설 기회를 주는 것일까.

28

저 달은 밤이면 울렁거리는 제 심장 소리를 아파하겠죠. 눈송이처럼 쌓여가는 제 몸빛에 전율하며 오선지에 떨어지는 눈물방울처럼 그리움에 젖겠지요. 몸 내음의 이음새마다 박혀있는 그리움의 나사못 아프게 박아 넣겠지요. 사랑과 그리움과 아픔의 본질 둘 아니네요.

29

언제나 함께하고 싶은 우주심宇宙心, 乙!

30

그대 창 앞에 선 듯 밤이면 사철나무처럼 내 앞가슴 부풀어 오르는데 그대는 홀로 쓸쓸히 휘파람 부시겠죠. 휘파람의 통주음에는 쓸쓸하면서도 설레는 숨결들 가쁘게 담겨 있겠죠. 일렁이듯 귓가에 닿아오면 내 심장은 또 빠개질 듯 붉어지겠죠.

1

그리움은 아픔처럼 나를 뚫고 지나겠죠. 분홍 잠옷 자락 펄렁, 젖혀지는 것도 나 혼자만 알겠죠. 휘파람 새어 나오는 그 입술로 시집가고 싶은 별들이 밤마다 내 창변엔 뜬다는 것, 밤마다 슬픔으로 가만가만 데워지는 맨몸도 그대는 모르시겠죠.

2

    사랑에 대해 우리가 정말 모르는 것들, 상대방의 눈으로 세상을 바라
보는 요령, 그리하여 가치 층을 나란히 하는 것, 언제부턴가 美의 가치
관, 생각의 계단, 그 정체성을 들여다보았네. 사랑이란 가슴과 가슴의
소통일 테니깐.

3

그 사람의 정신체계는 가치관의 배열로 이뤄져 있겠죠. 그것을 가치 층이라 한다네요. 전 선생님의 가치 층이 빛을 내며 제게 우뚝 서 다가오는 것을 보았지요. 1순위 인간애, 따스함, 눈부셨어요. 그 황홀한 휴머니즘과 정서에.

4

    사랑은 소유할 수도 소유되지도 않는 것, 사랑한다는 것은 모든 것을 받아들인다는 뜻, 가장 유치하고 단순한 사랑의 결말은‘오래오래 행복하게 살았다’라는 것, 삶과 이 행복과 쾌뿐이라면 그야말로 불행일 거요.

5

하나로 소통되는 방법을 사랑이라고 한다면 그대의 언어로 내 사랑 전하는 방법을 알아야겠지요. 그대는 내 언어를 한층 다듬고 아름답게 닦아서 되돌려주시잖아요. 전 늘, 황홀해요.

6

사랑의 반대말은 미움도 불신도 아니고 미신迷信이오. 미움과 불신은 정직하지 못한 것으로 끝나지만 미신은 비현실적인 것을 그럴듯한 현실로 끈질기게 위장하기 때문이오. 사랑은 무조건 아름답고 영원한 거라고? 그건 미신의 투사일 뿐.

7

행복 느끼는 것은 함께 있기 때문이 아니겠지요. 내면과 본래적 생명 존재의 균형을 일깨워가는 것이겠죠. 스스로 자신의 대단함과 완전함을 인정하게 되는 것. 이것이 사랑의 목적이 아닐까요. 그대로 인해 내 존재를 확인하는 것, 행복하다는 것은.

8

 사랑이 환상이라면 장밋빛 색안경은 블루렌즈로 변해가겠지. 영혼을 일깨우는 것은 환상이 아니라 사랑의 실현인 거요. 정직하게 사랑을 주문하면 그 실현이 우리 앞에 놓인다는 것, 열망이 이루어지는 이 순간을 겪는 것, 사랑의 행복이네.

9

진정 사랑하는 사람은 모든 부분을 새로운 눈으로 바라보고 그 눈뜸을 인식하게 도와주는 사람, 자신의 것이 아니라고 생각했던 면을 찾아내 음미하도록 옆에서 도와주는 사람이라네요. 전 그런 적 없지요? 비참해요.

10

가슴 아프다는 건 투사된 개념이 그릇된 거요. 가슴 아픔을 경험하는 건 환상을 현실로 만들지 못했다는 이유로 화를 낼 때니깐, 사랑을 과장해서 실망할 만반의 준비를 하고 있었던 사람은 바로 자신이겠지 진정한 사랑을 느끼면 죽음 너머로 달려 나가도 가슴 아프지 않는 법.

11

의식하든 의식지 않건 사람에게는 언제나 성장하려는 충동이 있는 것
이겠죠. 그래서 이상향으로 이끌어 줄 사람과 관계를 맺으려 하는 것이
겠죠. 내 상처를 치유해 줄 그대를 사랑하는 나처럼.

12

    가장 바람직한 진화는 혼돈과 질서의 경계선상에서 일어나는 법, 도
道와 세속의 대립도 그런 건 아닐까 사랑은 그런 것, 지상의 가장 예민
한 삶은 사랑의 줄타기인 것, 현실과 비현실의 경계선에서.

13

　사랑의 관계를 맺은 두 사람은 무한한 생명의 정곡을 향해 손잡고 땀 흘리며 거슬러 올라가야 하는 것이겠지요. 아무리 아파도 목숨 걸고 잡은 손 놓지 않아야 되는 것이겠지요.

14

사랑의 진정한 이유는 상대를 통해 자신의 전 존재를 인식하기 위한 것 아닐까? 그대 통한 내 영혼의 충만감, 맞아. 오, 외로움은 사랑의 반대편이야, 그렇지? 그대 생각만 하면 생명감은 무한한 우주 속에서 이토록 무한히 출렁이는데.

15

 사랑은 그대가 원하는 것을 염두에 두면서 내가 받고 싶은 것과 주고 싶은 것을 분명하게 상대방에게 알리는 능력, 사랑은 진정 공정한 마음의 거래라네요.

16

살 맞대고 살면서 거리감 느낄 때 있고 먼 곳에 있는 사람도 옆에 있는 것처럼 느껴지기도 하는 것, 외로움은 거리와 관계가 없는 것, 외롭다고 느끼는 것은 존재를 인식하는 방법에서 비롯된 현상, 그렇지? 지금 그대에게 달려가고 있소. 딱 십 초.

17

혼자 있다고 해서 잃는 것은 아무것도 없어요. 관계를 통해서 얻을 수 있으리라고 생각하는 것을 우리는 이미 모두 가지고 있는 것 아닐까요. 우리 정신 속엔 이미 모든 것 갖춰져 있어요. 사랑이란 그걸 확인하는 것 아닐까요? 그대를 통해.

연애편지

18

황홀한 입맞춤과 포옹은 사랑의 초기에만 가능하다고 생각하는 사람들이 있다고? 욕망과 황홀함을 가로막는 메커니즘을 확실히 파악해 무력화시키기만 한다면 그런 욕망과 황홀함은 계속해서 증가할 수 있는 것이지, 그런 자신감, 난 있소.

19

사랑이 행복만 좇는다면 어느 한쪽밖에 볼 수 없겠죠. 양극단을 통합해 균형을 가늠하지 못하면 사랑의 진실은 결코 드러나지 않는 법, 사랑의 신성함 앞에서 인생의 장엄한 질서를 인정하면서 겸손해질 때 내면의 신성神性은 출렁이겠죠.

20

    깨어있는 정신으로 현재 그대로의 모습 보아야겠지, 사랑하는 사람이 어떤 사람이길 바란다는 것은 환상이오. 지금까지 내 것이 아니라고 생각했던 부분을 사랑하게 되면 세상 속의 어떤 것도 편안한 마음으로 받아들일 수 있겠지. 그런 비밀, 사랑은.

21

지상에서 그대 만나 행복했어요. 그대와 함께 수련하지 않았다면 외롭고 적막해서 불행했을 거예요. 그대 만나서 단 한 번, 단 한 순간도 나는 약해지지 않을 수 있었어요. 인간이라는 것을 떠올리지 않고 그대와 하늘과 하나 될 수 있었어요. 행복히 충만할 수 있었어요.

현실을 결정하는 것은 가치 층이오. 사랑하는 사람이 자신의 가치 층을 버리고 나의 가치 층에 따라 살아 주리라 생각한다면 오산이오. 상대의 가치 층을 고려해 나의 가치 층을 전달하는 기술을 익혀야 하는 것이겠지. 자신만의 방법과 각자의 느낌과 하늘에 대한 판단과 각자 머무는 하늘 동네를 상호 존중해야 하는 우리 사랑.

23

우리가 사랑했다는 건 아름다운 신의 극본이었어요. 과거 때문에 불행해지는 사랑은 비극이지요.

24

신神이 되는 수련, 인간의 몸을 지난 채 신이 되는 힘, 그대와의 사랑을 통해 철저히 알았네, 우리 이제 세속에 대한 욕망과 그 속임수에 속지 않고 물처럼 하늘까지 건너갈 수 있겠네.

25

신은 인간에게 치유의 방법으로 사랑의 감정을 주었어요. 오, 전 우주에서 사랑하는 마음을 가질 수 있는 존재는 인간뿐이에요. 이 진화의 힘을 그대 만나 사용해서 정말 기뻐요. 우린 성공했어요.

26

乙, 나를 우주의 진실로 건널 수 있는 다리가 돼 줘 진정 고마워요.

27

상처와 상처가 만나 사랑을 통해 치유하고 우주의 본질과 균형감을 맛볼 수 있게 해줘 고마워요.

28

우주에서 하나뿐인 지구라는 이름의 학교에서 그대 만나 행복했소.

29

우주로 건너가고 나면 영원히 우린 다시 만날 수 있어요. 그곳에서 우리 다시 하나 돼요.

30

    우주적 균형을 찾겠다는 목적으로 사랑한다면 진실과 지혜로부터 외면당하지 않겠지. 사랑과 이별과 죽음과 우주의 진실, 그 중심에서 다시 만나기를. 사랑의 에너지는 기다림으로 바뀌어 우리들 가슴 안에서 빛나겠지. 지상에 머물러도, 마침내 지상을 떠나서도 행복한 안녕.

終

덫

김 현 문

또다시 여름이 왔다.

하지만 지나간 것은 다시 오지 않았다.

시간은 아무것도 용서하지 않는 것이다.

시간은 미래를 향해서만 열려가는 것이므로

다시 시작하기 위하여

나는 이제 중요한 한 가지를 버려야만 하는 것이다.

기억되리만치 그해 여름은 무더웠다.

 연일 내리는 폭양과 함께 각 학교는 일제히 방학을 서둘렀고, 나는 빨리 온 방학을 맞아 이 도시의 조그만 고전음악실에서 DJ 일을 맡아 보고 있었다. 그날은 함께 음악을 나누어 보던 선배분이 휴가를 맞아 바다로 떠나 버린 날이었기 때문에 나는 아침부터 줄곧 플레이실과 감상실을 혼자 드나들어야 했다. 휴게실과 감상실은 에어컨이 가동 중이었으므로 제법 서늘했으나 바람 통할 곳 없는 플레이실 안은 기계에서 나오는 열로 인하여 온통 한증막이었다. 긴 곡들은 음악이 진행되는 동안 휴게실에 나와서 땀을 식힐 수 있었으나 짧은 곡들은 계속 플레이실 안에 머물러야만 했다. 거기다가 헤드폰까지 끼고 조심스럽게 음악을 고르다 보면 얼굴이 온통 땀으로 얼룩지곤 했다.

그날은 이상하게도 플레이실 안에 머무르는 시간이 많은 날이었다. 수건이 땀으로 젖어가는 것에 비례해 나는 점점 짜증스러워지는 중이었다.

한 패거리들이 몰려나가고 거의 사람들이 없는 것 같은데도 이상하게 신청곡이 밀려 있었다. 살펴보니 밀려있는 신청곡은 두 장의 신청용지에 빽빽이 적힌 짧은 성악곡과 소품들이었다. 두 장의 신청용지에 가득 찬 신청곡들은 갈겨쓴 글씨체로 보아 한 사람의 것임이 분명했다.

성가신 신청수법이었다. 삼 분 정도밖에 안 되는 도니젯티의 육중창을 보내 주고 그 곡이 나가는 동안 잽싸게 벨리니의 노르마 중에서 정결한 여신 부분만을 찾아 이쪽 턴테이블에 걸어놓고, 하는 이런 식이었다.

손수건을 적시며 여기저기 흩어져 있는 곡들을 찾아 신청곡들을 절반쯤 내보내던 나는 문득 짚이는 게 있었다. 눈에 띄는 대로 음악을 교향곡 정도로 길게 걸어놓고 밖으로 나왔다. 감상실 칠판에 곡명을 적어놓고 살펴보았으나 예상대로 감상실엔 아무도 없었다. 휴게실에서만 학생쯤으로 보이는 한 여자가 담배를 피우며 앉아 있었다. 말을 붙여본 적은 없지만 음악실에서 조금은 낯이 익은 얼굴이었다.

손수건을 구겨 얼굴을 문지르며 나는 말하지 않고 그녀의 빈 앞좌석에 가 앉았다. 그녀의 것임이 확실한 탁자 위의 담뱃갑에서 허락받지 않고 담배를 꺼내 물며 나는 빈정거리는 말투로 말했다.

"액세서리가 어울립니다."

그녀는 알 수 없다는 듯이 나를 올려다보았다. 처음 보는 그 눈빛이 왠지 서늘했다. 나는 재빨리 그녀하고 정반대의 분위기를 내보이며 이죽거렸다.

"여자에게 담배는 액세서리 정도 아닙니까? 귀고리, 목걸이, 눈썹 피어싱…. 이런 것들처럼 겉치레를 위한 소도구가 아니던가요?"

"아니에요."

그녀는 의외로 조용히 응수했다.

"그래요? 그건 알 수 없죠. 누구도 자신의 생각을 강요할 권리는 없는 거니까요. 그건 그렇고 소생을 저 찜통 속에 가두어두는 의도가 뭡니까?"

그녀가 피식 웃음을 깨물었다.

"이 시간쯤엔 항상 사람이 없더군요. 오늘도 역시 예외는 아니길래 잠시 혼자 있고 싶어져서 위치를 정해 드린 것뿐이에요."

나는 여전히 태도를 바꾸지 않은 채 이죽거렸다.

"액세서리를 여러 개 가지고 계시는군요."

그녀가 문득 고개를 들고 나를 쳐다보았다.

"방해받고 싶지 않다는 것 진정이에요."

말하는 그녀의 눈가가 젖어 있었다. 알 수 없는 일이었다. 나는 더 이상의 내 태도가 불가능함을 느꼈다. 말없이 담배를 비벼 끄고 그녀가 정해준 위치로 돌아왔다.

새로이 곡이 바뀌고 곡명을 적어 넣기 위해 플레이실을 빠져나왔을 때 그녀는 자리에 없었다.

우연이란, 운명적인 데가 있었다. 그리고 인간들이란 운명이라고 이름 지어놓은 곳 속에서 얼마나 약해져 버리는 것이며 얼마나 많은 변명들을 늘어놓는 것인지.

우리의 시작을 위해서 최초의 제물이 되었던 것은 그해 여름, A 화랑에서 열렸던 박 모 화가의 개인전에 전시되었던 그림들이었다. 그날은 음악실 일이 시간이 바뀌는 바람에 오후 세 시도 채 못 되어 끝나 버렸으므로 내 앞에는 한정 없는 시간들이 남아 있었다. 시간을 죽이려고 들린 곳이 A 화랑이었다.

그림은 주로 꽃과 풍경, 의자에 나른히 기대어 생각에 잠겨 있는 소녀의 모습 등이 대부분을 차지하고 있었다.

세련되고 도시적이고 인위적인 그림들. 본질은 사라지고 치장만 남아 있는 그림들. 저 사람은 도대체 왜 저런 그림을 그리는 것일까. 벌써 피곤해져 버린 정신 때문에 눈살을 찌푸리고 있는데 저쪽 구석에서 팸플릿으로 부채질을 하며 그림에 눈을 흘기고 그녀의 모습이 눈에 잡혔다. 반가움과 함께 혹시 동지가 아닐까 하는 생각에서 다가가 이렇게 말해 보았다.

"이분 그림에서 버터나 치즈 냄새가 나는군요."

그녀는 고개를 돌리더니 반짝 나를 알아보았다.

"김치찌개를 싫어하는 사람이 분명해요."

동지였다.

"저 과장된 붉은 색들이 싫어요. 저 꽃병의 인위적인 선이 그렇고, 아무튼 이런 식의 응접실용으로 딱 맞아떨어지는 그림들."

그녀의 말대로 그림들은 응접실로 팔려 갈 예정인지 그림의 대부분엔

붉은 딱지가 상표처럼 붙어있었다.

"사치를 만족시키기 위한 시대의 제물들입니다."

나의 독설도 이를 드러내었다.

"저 산은 어떻습니까. 이 도시의 산이 저렇게 화려한 색깔에 울리는 산입니까?"

"천박한 사람들일수록 장식이란 화려해야 한다고 생각하니까요."

"고상을 가장한 천박이군요."

제법 인기 있는 화가의 작품이 단지 두 사람의 식성에 맞지 않는다는 죄 때문에 졸지에 난도질당하고 있었다.

"자신을 속이지 않으면 견뎌내지 못하는 곳입니다."

"어차피 속지 않으면 도태되어 버려요. 감쪽같이."

두 사람은 그렇게 각본처럼 죽을 맞추며 화랑을 빠져나왔다.

나는 그날 그녀의 화실에서 라면과 커피를 대접받았다. 알고 보니 그녀는 나하고 같은 대학의 미대 회화과를 이 년째 다니다가 중도에서 자진 포기해 버리고 선배 언니와 함께 화실을 마련해 입시생들의 그림을 돌봐 주면서 자신들도 그림을 그리는 중이었다.

학교 앞의 허름한 건물을 세 내 사용하고 있었는데 건물 안쪽에 있는 방은 선배 언니와 함께 침실로 사용하고 있었고, 문 앞쪽의 가장 넓은 공간은 입시생들의 지도를 위한 장소였다. 자신들의 아틀리에는 한쪽의 조그만 공간을 떼 그것을 둘로 나누어 각각 사용하고 있었다.

그녀는 자신의 아틀리에를 드나들 때는 언제나 열쇠를 사용하는 모양이었다. 열쇠를 풀며 이렇게 말하는 것이었다.

"이곳이 바로 제겐 제일 정직한 공간이에요. 세상에서 제일 따뜻한 공간."

그 따뜻한 공간 한쪽 구석엔 자신의 것인 듯한 그림들이 포장되어 차곡차곡 쌓여있었다. 그리다 만 그림에도 신문지를 덮어 압핀을 박아두었다. 손가락으로 그쪽을 가리키며 그녀가 말했다.

"그림이 되지 않을 때는 그리고 싶어 못 견딜 때까지 기다리는 거예요."

내가 그림을 좀 볼 수 없겠느냐고 불쑥 물었다.

커피포트를 꽂으며 그녀가 말했다.

"자신의 일기를 남에게 보여줄 수 있어요? 이 그림들은 내 일기와도 같은 것이에요. 나도 한땐 남에게 보이는 그림을 그리려고 노력한 적이 있었어요. 하지만 그런 그림들은 자신을 극복한 연후에나 그려질 수 있을 것 같아요. 그림이란 가장 정직한 것이에요."

내가 그녀의 그림을 볼 수 있었던 것은 우리가 만나기 시작한 지 삼 주쯤 지난 어느 날이었다. 음악실의 시간을 마치고 화실로 와달라는 전화를 받았던 날이었다. 그날따라 시간이 지켜지지 않아서 삼십 분쯤 늦게 화실에 도착했었다. 불이 꺼진 화실 문틈에 쪽지만 하얗게 꽂혀 있었다.

'청색을 버리러 감. 지중해로 올 것.'

나는 가로등 밑에서 편지를 확인하고 오 분이 채 못 되어 같이 두 번인가 들른 적이 있던, 우리가 지중해라고 이름 붙여준 생맥줏집에 도착했다.

그녀는 물감에 더러워진 작업복을 그대로 입은 채 한없는 생각에 시달리고 있었다.

나는 말없이 옆에 앉아 술을 시켜 마셨다. 비워진 그녀의 술잔도 넘치는 새로운 거로 바꾸어 주었다. 그녀는 무엇인가 골똘히 생각들을 정리하고 있었다.

잠시 후 그녀는 흩어졌던 생각들을 거두어들이더니 나를 보고 방긋 웃었다.

"반가워요. 사람을 기다린다는 것은 참 기분 좋은 일이군요."

"청색 추방 기념일인가요?"

"새로운 색깔의 탄생 전야예요."

"전야제를 위해서"

우리는 술잔을 부딪치며 술을 마시기 시작했다.

그날 받은 월급은 쥐꼬리도 못 되었지만 그녀에게 새로운 빛깔의 탄생을 위한 전야제를 베풀어 주기에는 충분했다. 거품 넘치는 생맥주와 담배와 흘러나오는 음악 등으로 분위기는 풍요로웠다. 그렇게 싸구려 감상쯤으로 천대받던 박인환의 『목마와 숙녀』도 그날은 제법 분위기를 도와주고 있었다.

"술꾼 흉내를 제법 내는군요."

"술꾼들이란 외로운 동물들이지요."

그렇게 취기가 익어가고 어느덧 돌아갈 시간이 겨웠을 때 그녀가 불쑥 말했다.

"그림을 보여드리고 싶어요. 지금껏 한 번도 남의 눈길을 허용치 않았던 그림들이에요."

나는 그날 그녀의 그림을 보았다.

기묘한 충격이었다.

차곡차곡 포장되어 정리된 그림들을 풀어서 하나하나 눈에 담아가던 나는 그 이상한 분위기에 다리가 온통 휘청거릴 정도였다.

　그림들은 온통 청색이었다. 땅속 깊은 곳에 이상한 공간을 파고 그 속에 웅크리고 앉아 있는 머리칼이 긴 여인의 모습. 그 눈빛. 이상한 색깔에 얼굴이 이지러진 채 흐느끼고 있는 여인의 표정들. 폐허 같은 도시에 가슴을 짓눌린 채 이파리들을 하염없이 하늘 쪽으로 날려 보내고 있는 시든 나무들의 풍경.

　그림들을 다 보고 나자 내 가슴은 철렁 내려앉고 말았다. 마치 어둠 속에서 플래시 빛을 얼굴에 받아 버린 듯 적나라한 순간이었다. 숨겨오던 그 무엇인가를 그녀에게 들켜 버린 느낌이었던 것이다. 그녀는 의자에 기대어 소리 없이 내 모습을 바라보고 있었다.

　나는 의자에 앉아 있는 그녀의 뒤로 가서 조용히 머리를 끌어안았다. 따뜻한 이마였다. 나는 말없이 그녀의 화실을 빠져나와 휘청거리며 하숙집으로 돌아왔다.

　그 후로 나는 음악실 일이 끝나면 거의 날마다 그녀의 화실에 들리곤 했다. 그녀는 자신이 돌보아 주어야 할 입시생들의 시간이 끝나면 언제나 자신의 이젤 앞에 고개를 세운 채 앉아있었다. 거부할 수 없는 모습이었다.

　오후 여덟 시 이후엔 나도 그녀의 뒤쪽 의자에 앉아 책을 읽거나 쓰다 둔 글 나부랭이를 정리하곤 했다. 그날은 왠지 그녀가 지쳐 보여서 음악실에서 녹음해 온 곡들을 들려주고 있었다. 문득 밑도 끝도 없이 그녀가 자신의 이야기를 하기 시작했다.

"어렸을 때부터 집 근처 언덕 너머 교회에 다녔어요. 철이 들기 전까지 그렇게 행복할 수가 없었어요. 어떤 것도 하나님이 해결해 주신다고 생각하면 걱정될 일은 아무것도 없었어요."

그녀는 팔레트에 물감을 짜 넣으며 말했다.

"우스운 이야기지만 흔한 고뿔 하나 앓아도 하나님의 뜻이었고 기도로써 치유되곤 했어요. 철저한 순종과 의지, 그것만이 치유에 이르는 길이었죠. 모든 인간은 죄인이니 하나님을 통해서만 구원받을 수 있는 것."

팔레트에 물감을 채우고 나자 그녀는 더러워진 붓들을 물통에 빨기 시작했다. 나는 물이 담긴 커피포트를 꽂았다.

"그러나 나는 어느새 불행해지기 시작했어요. 인간은 죄인이고 현실은 죄악으로 가득 찬 곳이 아니라는 생각이 들기 시작한 거예요. 천국에서 구원받는다는 것은 우스운 일이에요. 현실에서 구원받아야 하지 않겠어요? 그렇게 되자 나는 현실에 대한 욕망이 생기고 그럴 때마다 심한 죄책감을 맛보아야 했어요. 도대체 인간이란 얼마나 죄인이며 하찮은 존재이어야 한단 말인가요. 내게 있어서 기독교란 참으로 죄책감만 심어 주었어요. 그들이 말하는 사랑의 밑바닥에는 얼마나 많은 미움들이 잠재해 있는 것인가요."

커피 잔을 스푼으로 저으며 그녀는 허탈한 표정이었다.

"인간들은 모두 약해지고 싶은 거예요. 어딘가에 숨고 싶고 강한 것 속에 속하고 싶고, 인간들은 스스로 그리스도를 모독하고 있는 거예요. 인간들은 스스로 자신들을 경멸하고 있는 거예요."

말이 끝나자 침묵이 왔다. 침묵을 메울 겸 왜 학교를 그만두었느냐고 물어보았다. 그녀가 변함없는 표정으로 말했다.

"타인의 삶을 살기엔 지쳤어요. 타인의 삶을 강요당하는 것은 이제 지쳤다는 생각이 들어요. 이대로 백 년의 세월이 흐르면 백 년의 세월만큼 외롭고, 영겁의 시간이 흐르면 영겁의 시간만큼 외로울 거예요. 영겁의 외로움! 아아, 정말 정말이지, 생각만 해도 끔찍해요."

우리는 커피 잔을 내려놓고 창밖을 바라보았다. 내려다보이는 건넛집의 지붕에는 인위의 가위에 의해 자유가 절제된 나무 한 그루가 동그랗게 외등의 불빛 속에 침몰하고 있었다.

개학과 함께 방학이 끝났다. 그 무렵, 그녀의 그림에도 변화가 왔다. 지금까지의 어둡고 무거운 색깔이 청산되고 새로운 빛깔이 시도된 것이었다. 뿌리가 선명하게 들여다보이는 커다란 나뭇가지를 사방으로 벌린 채 서 있었고 거기엔 수많은 노란 나비 떼가 앉아 있었다. 혹은 초록 들판에 노란 나비 떼가 꽃처럼 흩뿌려져 있기도 했다. 놀라운 변화였다. 그 순간 내 가슴은 알 수 없는 기쁨으로 벅차올랐다. 그랬었다. 그녀는 이제 혼자가 아니었다. 나와 함께 그림 그리고 있는 것이었다. 그것을 감지한 순간 내 머릿속으론 차창에 환희의 불빛을 내건 기차들이 소리 지르며 수없이 지나가는 것이었다.

그즈음의 학교는 축제 준비에 모두들 들떠 있었다. 하지만 축제 따위에 신경 쓸 겨를이 없었다. 해마다 겪는, 그 틀에 박힌 너저분한 풍경들이 무슨 의미가 있단 말인가. 우리에게 시간은 이미 새롭게 빛나오고 있는 것을.

내가 그녀의 작업실 문을 열고 들어섰을 때, 그 따뜻한 공간 유리창엔 어느새 가을이 당도해 있었다. 그 유리창 너머론 노을이 뜨고 있었다. 그림에 열중하느라 문 여닫는 기척에도 그녀는 나를 알아보지 못했다.

캔버스 위엔 여전히 나비들이 떼 지어 앉아 있었다. 나비들은 여전히 날아오르지 않고 있었다. 그림에 열중해 있는 그녀의 모습은 마치 푸른 나무가 바람에 나부끼는 것처럼 아름다웠다. 그녀의 그림을 볼 때마다 나는 언제나 기도하는 마음이 되곤 했다. 방해하지 않으려고 나는 조용히 창가에 기대어 있었다. 서럽게, 서럽게 노을이 뜨고 있었다.

한참 후에야 그녀가 나를 느꼈는지 그림을 멈추고 창가로 왔다. 우리는 말없이 창밖을 바라보았다. 그녀의 눈 속에서도 노을이 뜨고 있었다. 우리는 문득 알 수 없는 힘에 이끌려 입 맞추었다. 조그만 입술이었다. 그녀의 입에서는 치자 꽃내음이 났다. 순간, 달콤함은 달이 뜨는 순간처럼 머릿속을 환하게 해주었다. 지금까지 무엇이 이토록 머릿속을 환하게 해주었던가.

잠시 후 나는 뺨이 젖어가는 것을 느끼며 그녀가 울고 있다는 것을 알았다. 그러나 얼굴은 환히 밝은 모습이었다. 그녀가 고개를 숙이며 말했다.

"어쩌면 이겨낼 수 있을 것 같아요."

서서히 노을이 꺼졌다.

가을이 깊어 오고 있었으나 이상하게 그녀의 화폭에선 나비가 날아오르지 않고 있었다. 그녀가 그려대는 수많은 나비들은 그 화려한 날개들을 접은 채 미동도 하지 않고 있었다.

우리는 무엇에서 벗어나지 못하고 있는 것일까. 우리를 감금하고 있는 보이지 않은 것은 무엇일까. 두 사람은 서로의 얼굴에서 역력한 조바심을 읽었다. 그녀는 며칠째 그림을 그리지 못하고 나를 찾아 음악실에 들르고 있었다.

　우리에게 음악의 우상은 브람스였다. 그녀는 브람스의 현악 6중주를 제일 좋아했다. 그 외에도 레퀴엠, 첼로와 바이올린을 위한 2중 협주곡, 바이올린 협주곡과 수많은 실내악곡들, 교향곡 네 곡 등은 두 사람에 의해 음악실에서 수없이 되풀이되곤 했다. 그녀는 또 브람스의 '영원한 사랑'을 부르는 사람별로 각각 일곱 번씩이나 녹음해서 계속해서 그걸 듣기도 했다.

　"스승의 부인을 사랑했기 때문에 평생을 외로움 속에서 살았던 브람스. 그에게 사랑한다는 것은 얼마나 커다란 외로움이었을까요."

　하지만 나는 언제부턴가 브람스의 현악 6중주를 끝까지 들을 수 없다. 2악장의 그 아름다운 선율이 이제는 칼날이 되어 가슴을 베고 지나가 버리는 것이다.

　날씨가 추워지고 있었다. 가을이 막바지에 접어드는 중이었다. 그 무렵 그녀는 드디어 새로운 화폭을 준비했다. 그녀 앞에 백호 정도의 하얀 캔버스가 놓였다. 그날은 드디어 시작을 선언한 날이었다. 나는 그녀의 뒤쪽에 스토브를 피워 주었다.

　우선 그녀는 색깔 고르기에 신중했다. 그리고는 스케치북에 목탄으로 수많은 나비들의 여러 가지 모습들을 습작했다. 거기에 직접 색깔을 넣어 보기도 했다. 스케치북은 금세 여러 가지 나비들의 형태로 가득 차곤 했다.

　준비가 끝나가 그녀는 드디어 빈 화폭 속에 정밀하게 구도를 집어넣기 시작했다. 보이지 않을 만큼 가는 선을 그어 뭔가를 표시하기도 하면서 조그만 부분도 소홀히 하지 않았다. 그런 모습을 바라보던 나는 긴장감으로 숨이 막힐 것만 같았다.

뿌리가 선명히 드러나 보이는 뼈처럼 마른 몇 그루 나무가 서로 얽힌 채 조금씩 자리 잡기 시작하고 청명한 대기가 화폭 속에 슬슬 피워 올랐다.

그녀는 벌써 며칠째 눈도 붙이지 않고 거의 모든 시간을 캔버스 속에 짓이겨 넣고 있었다. 그렇게 점점 화폭이 정돈되어가던 어느 순간이었다. 그녀가 뭔지 당황하는 눈치였다. 화폭이 점점 채워질수록 그녀의 손이 조금씩 더뎌져 갔다. 한 번의 붓을 움직이기 위해 생각하는 시간이 길어졌고 붓을 빠는 횟수가 늘어갔다. 말없이 창밖을 바라보기도 했다. 가끔씩 뒤돌아보는 그녀의 얼굴빛이 창백했다.

갑자기 그녀가 모든 동작을 멈추고 화폭을 뚫어져라 쳐다보기 시작했다. 나는 아연 긴장하지 않을 수 없었다. 그렇게 그녀는 서너 시간 정도나 미동도 하지 않은 것이었다.

그러더니 느닷없이 붓을 문 쪽으로 거칠게 던져 버리고는 머리를 감싸 쥔 채 흐느끼기 시작하는 것이 아닌가. 그림은 절반 정도 완성되어 있었다. 내 가슴은 칼로 에는 것 같았다.

나는 겨우 달래어 그녀의 어깨 위에 겉옷을 걸쳐준 채 밖으로 데리고 나왔다. 언제부터인지 겨울을 예고하는 차가운 늦가을 비가 내리고 있었다. 바라보니 불 켜진 그녀의 방만이 홀로 깨어 비에 젖으며 떨고 있었다.

두 사람은 바깥이 바라다보이는 지중해의 창가 자리에 앉아 술을 마셨다. 한 쌍의 남녀가 고개를 맞대고 앉아 있을 뿐 술집 안엔 사람들이 없었다. 시곗바늘이 자정을 향해 곤두서는 중이었다.

그녀는 울고 있었다. 그녀의 울음 섞인 목소리가 지금도 내 귓속엔 못처럼 박혀있는 것이다.

"난다는 것이 무엇인지 도무지 알 수 없었어요. 내 육체도 영혼도 단 한 번, 어느 한순간도 날아본 적이 없었거든요. 우리는 뭔가를 잊고 있어요. 그 뭔가가 도무지 생각이 나질 않는 거예요."

내 가슴에도 그칠 줄 모르고 비가 내리고 있었다.

몇 잔의 술과 함께 그녀는 거의 탈진 상태 99999999가 되어 버리고 말았다. 나는 조심스럽게 그녀를 자신의 방에 눕혀 주었다. 워낙 지쳐 있었으므로 그녀는 금방 잠들어 버리고 말았다. 나는 잠든 그녀의 얼굴에서 눈물을 닦아 주었다.

우리는 무엇을 잊고 있는 것일까. 우리를 이토록 지치게 하고 있는 것은 무엇일까.

그녀의 선배 언니를 깨워 몇 가지를 부탁하고 나는 하숙집으로 돌아왔다. 내가 집에 돌아왔을 때는 옷과 머리칼과 가슴이 모두 젖어있었다.

옷을 갈아입고 자리에 들었으나 도무지 잠이 오지 않았다. 바람과 함께 비는 더욱 세차게 휘몰아치고 있었다. 가끔씩 번개가 창가에 어른거렸다. 이상한 불안감과 함께 나는 괘종시계가 네 번을 치는 새벽녘에야 겨우 잠들 수 있었다.

모든 것이 안개에 싸여있었다. 한 걸음도 내디딜 수 없을 정도였다. 그런데 안개 너머엔 무언가 달처럼 환하게 빛나고 있는 것이 있었다. 안개 속에 우뚝우뚝 서 있는 나무들에 부딪히며 나는 온몸이 찢겨 있었다. 부딪힐 때마다 나무는 에른스트의 프로타주 기법처럼 과장된 결을 드러내며 그토록 선명하게 서 있건만 나는 나 자신의 형체를 알 수 없었다. 나는 온몸에 피가 흐르고 있다고 생각했다. 이놈의 안개, 이놈의 안개, 마구 팔을 휘두르며 나무에 부딪히며 얼마를 걸었을까, 나는 느닷없이 나무에 걸려 바닥에 넘어지고 말았다. 바닥은 온통 미끈거리는 진흙 밭이었다. 나는 거기에 이마를 박고 있었다. 이를 악물고 바닥을 긁으며 일어섰다. 손엔 온통 피가 묻어 있었다. 그런데 문득 눈앞에 그녀가 서 있었다. 그녀는 손에 꽃을 든 채 노란 옷을 입고 있었다. 내가 손을 들어 막 그녀를 부르려는 순간, 그녀는 안개 너머의 커다란 빛 속으로 문득 사라져 버리는 게 아닌가.

나는 아, 하는 비명과 함께 그녀를 향해 벌떡 일어섰다.

깨어 보니 테이블 밑에 머리를 처박고 있었다. 이마를 부딪친 모양인지 몹시 욱신거렸다.

시계를 보니 오전 아홉 시가 지나 있었다. 빼먹을 수 없는 전공 한 과목이 벌써 작살나 버린 시간이었다. 나는 아침도 거른 채 택시를 타고 학교로 갔다. 강의실에 앉아 있으면서도 도무지 머릿속이 엉망이었다.

수요일은 강의가 많은 날이었다. 나는 그녀의 화실에 들러볼 시간이 없어서 강의가 끝나는 대로 곧바로 음악실로 갔다. 도착하자마자 그녀의 전화를 받을 수 있었다.

"저예요. 어디를 좀 다녀와야겠어요. 좋은 생각이 떠올랐어요. 왜 지금까지 그 생각을 못 했을까요."

그녀의 목소리가 갈라져 있었다. 이상한 분위기였다.

"이렇게 비 오고 바람 부는데 나하고 같이 가면 안 될까?"

"안 돼요. 꼭 혼자만 가야 되는 곳이에요."

"급하면 안 돼. 아무것도 생각해낼 수가 없어. 소혜는 지금 몸도 정신도 너무 지쳐있어. 정신이 가라앉을 때까지 좀 쉬어야 될 것 같애."

"그럴 시간이 없어요. 인간의 손길이 미치지 않은 태초의 장소에 서면 혹시 길이 생각날지도 몰라요. 무인도에 다녀오려는 거예요. 틀림없이 잊어버린 무언가를 생각해낼 수 있을 거예요."

"어디야? 지금 거기!"

그대로 벽이었다. 전화란 끊어 버리면 아무것도 확인할 수 없는 냉혹한 기계였다.

나는 극도의 불안감에 사로잡혀 그녀의 화실로 달려가 보았다.

열쇠도 채우지 않은 채 그녀는 가 버리고 없었다. 한 번도 그런 적이 없었던 그녀였다. 완성되지 않은 그녀의 화폭만 덩그렇게 놓여있을 뿐이었다.

몇 군데 터미널과 역을 뒤져 보았으나 그녀의 모습을 찾을 수 없었다. 몇 병의 술을 사서 그녀의 화실로 돌아왔다. 나는 완성되지 않은 그녀의 그림을 보며 술을 마셨다. 빗발은 줄기차게 창을 두드리고 있었다.

내가 그녀의 소식을 알 수 있었던 것은 사흘 후였다. 뭐라고 말해야 할까. 나는 결코 그녀가 죽었다고 말하고 싶지 않다. 하지만 그녀는 죽었다. 비 내리는 고속도로에서 아름답던 그녀의 모습은 부서지고 뇌수는 바닥에 흘렀다. 그녀의 재촉과 함께 그녀가 탄 택시는 앞에서 달려오던 차의 왼쪽 헤드라이트를 치받고 비상처럼 날아올랐다.

그녀는 그녀 부친의 의견대로 기독교 묘지에 묻혔다.

나는 그해 가을 그녀의 묘석 위에 국화와 불붙인 담배 한 개비를 놓아주었다. 그랬다, 담배는 그녀에게 액세서리가 아니었다. 정신을 풀어내는 중요한 도구였다.

"왜 그러니? 도대체 무엇 때문에 그렇게 서두르는 거야. 우리는 다 잘 해나가고 있잖아. 제발, 발 저린 망아지처럼 좀 굴지 말어."

대답이 있을 리 없었다.

바람만 담배 연기와 국화 향을 흩뿌리며 스러져갈 뿐이었다.

나에겐 이제 딱 십이 일의 시간이 남아있을 뿐이다. 휴학과 함께 입대 영장이 날아온 것이다.

그동안 나는 어느 무인도에 찾아가 그녀의 그리다 만 그림을 놓고 올 작정이다. 인위의 손길이 미치지 않는 그곳에 세우면 그녀의 그림은 완성될지도 모를 일이다. 어쩌면 그녀의 나비들은 샛노란 날개를 펴고 활짝 날아오를지도 모를 일이지.

*

/ 후기를 대신하여 /

가을이야기

-바흐의 시칠리아노

우린 팔짱을 끼고 함께 요한 제바스티안 바흐의 가을 숲에 갔었지.

그곳에는 가을 물이 플루트 빛으로 맑게, 맑게 흐르고 있었고 낙엽은 쳄발로 소리로 발밑에서 나즉, 나즉 부서졌었지. 우리는 괜스레 가을 핑계를 대며 녹차에게 미안한 커피를 마셨지.

"가을은 잘 닮은 당신 바바리 빛이에요."

"뭘, 영락없는 당신 머플러 빛깔인데."

우린 소년, 소녀 흉내가 쑥스러워 마시던 커피를 바바리와 머플러에 조금씩 흘리고 말았지. 아아, 그러나 손수건을 주고받으며 가을은 참말 영혼 빛깔이라는 걸 알았지. 우리가 주고받은 건 손수건에 적셔진 한 줌 따스한 영혼의 온기였으니까.

"장 피에르 랑팔인가?"

"아녜요. 제임스 골웨이예요."

아아, 말의 부질없음, 그러나 그 부질없음이 아니면 완성 뒤의 공허를 무엇으로 가릴 것인가?

"바흐는 시작과 끝이 비슷해서 끝을 모르겠어요."

"바흐니까."

"시작이 끝 같고 끝이 시작 같애요."

"가을이니까."

우리가 우산처럼 커피 맛을 챙겨 들고 바흐의 숲에서 빠져나왔을 때는 완성처럼 어둠이 내리고 있었지. 우린 돌아오기 위해 떠나가는 가을을 흉내 내 그 시간의 완성을 그곳에 팻말처럼 꽂아두고 집으로 돌아왔었지. 떠나는 가을처럼 등불을 켜고 저녁 식사를 시작했었지. 그렇게 시작을 시작했었지.

연애편지

저   자 김현문(본명:김현석)

저작권자 김현문(본명:김현석)

1판 1쇄 발행   2020년 9월 30일

발 행 처 하움출판사
발 행 인 문현광
교   정 김은성
편   집 유별리
주   소 서울특별시 강동구 올림픽로660. 천호엘크루 408호(서울지사)
I S B N 979-11-6440-692-0

홈페이지 http://haum.kr/
이 메 일 haum1000@naver.com

좋은 책을 만들겠습니다.
하움출판사는 독자 여러분의 의견에 항상 귀 기울이고 있습니다.

이 도서의 국립중앙도서관 출판예정도서목록(CIP)은 서지정보유통지원시스템 홈페이지(http://seoji.nl.go.kr)와
국가자료종합목록 구축시스템(http://kolis-net.nl.go.kr)에서 이용하실 수 있습니다.(CIP제어번호 : CIP2020038845)